झुलसा शजर

चन्दर 'वाहिद'

झुलसा शजर

चन्दर 'वाहिद'

Anybook

Published By

Anybook

Cell : 9971698930

E-mail : contactanybook@gmail.com

Website : www.anybook.org

Price in India : 175/- INR

First published by Anybook in 2021
Copyright © 2021 Anybook
Copyright Text © 2021 Chandar Waahid
Printed and bound in India
Cover Design & Typesetting by Anybook

ISBN : 978-81-95286-85-0

यह पुस्तक मेरी तरफ़ से
मेरी धर्मपत्नी मधु गुप्ता को समर्पित है।

मेरा शेरी सफ़र

कश्ती मिरे वजूद की जब डूबने लगी
दो हाथ और दूर किनारे चले गये

ख़ुदा के घर भी मु'आफ़ी नहीं मिलेगी मुझे
जो हर नमाज़ से पहले तुम्हारा नाम न लूँ

-मंगल नसीम

वर्ष 1981 में जब होली के अवसर पर आयोजित एक मुशायरे में प्रसिद्ध शायर जनाब 'मंगल नसीम' के इन शेरों ने तथा उन्हीं दिनों 'मिर्ज़ा ग़ालिब' की हिन्दी अनुवाद एक पुस्तिका के शेरों ने मेरे भावुक मन में ग़ज़ल का बीज रोपित कर दिया। और मैंने ग़ज़ल को अपने जज़्बातो-ख़यालात को व्यक्त करने के लिए चुन लिया। अब सवाल यह था कि इस विधा को कैसे और किससे सीखा जाये। मुझे उस समय मोहतरम जनाब 'मंगल नसीम' इसके लिए सर्वाधिक उपयुक्त जंचे और मेरा यह फ़ैसला आज मेरे लिए ज़िन्दगी का एक अहम फ़ैसला साबित हो रहा है।

नसीम साहब से इस विधा को सीखने-समझने का सिलसिला जबसे अबतक जारी है। मैं उनकी शागिर्दी में शेर कहने तो लगा लेकिन अब समस्या थी उनकी अभिव्यक्ति की। जिसमें जनाब दिलशाद शाहजहाँपुरी ने बहुत मदद की। इनके साथ गोष्ठियों में मुझे पढ़वाया व सुना जाने लगा। इसी दौरान मेरा परिचय उस समय भी अच्छा कह रहे स्थानीय शायरों जैसे ज़हीर देहलवी, अंदाज़ देहलवी, चमन देहलवी, दीवान, रौशन लाल 'रौशन', व साजन पेशावरी जैसे शायरों से हुआ। यहाँ मैं विशेष रूप से साजन पेशावरी साहब का ज़िक्र करना चाहूँगा जिन्होंने मुझे शायरी की हिन्दी में लिखी दर्जनों पुस्तकें उपलब्ध कराने के साथ-साथ मुझे सबसे पहले स्टेज पर पढ़ने का मौक़ा दिया। इस सबसे मेरी पहचान 'चन्दर वाहिद' के तौर पर बनने लगी।

सबकुछ बहुत अच्छा चल रहा था मैं उस्ताद के सिखाये हर सबक़ को बहुत ध्यान से सीखता व समझता रहा इसी क्रम में आदरणीय 'विजय किशोर मानव' जी ने जो उस समय कादम्बिनी पत्रिका व दैनिक हिन्दुस्तान अख़बार के रविवारिय अंक के संपादक थे, ने मेरी ग़ज़लों को 4 सितम्बर 1981 के रविवारिय अंक में प्रकाशित किया। तथा सांध्य वीर अर्जुन अख़बार के संपादक श्री 'देवेन्द्र माँझी' ने भी मेरी ग़ज़लें सांध्य वीर अर्जुन अख़बार में प्रकाशित कीं। जिससे अदबी हलक़ों में भी मेरी पहचान बनने लगी।

इन सबकी हौसला अफ़ज़ाई से मेरी शायरी परवान चढ़ने लगी और ब-क़ौल उस्ताद एक शानदार भविष्य मेरी राह तकने लगा था लेकिन विधाता को कुछ और ही मंज़ूर था। अगस्त 1997 को मैं पक्षाघात का शिकार होकर चलने फिरने से लाचार हो गया। अपनों की सेवा व दुआओं ने मुझे बचा तो लिया लेकिन मेरे शेरी सफ़र पे विराम लग गया। मेरा गोष्ठियों में आना-जाना बंद हो गया और मेरी हालत, हालात की लपटों में झुलसे शजर जैसी हो गयी; जिसे न तो अधजला कहा जा सकता था और न ही हरा-भरा। लेकिन इस अवधि में भी अपनों के सहयोग से मेरा लेखन जारी रहा। जिसमें मेरी सबसे ज़्यादा मदद मेरी धर्मपत्नी मधु गुप्ता ने तथा मेरे बच्चों, पुत्र सी.ए. दिवाकर गुप्ता व रेस्टोरेन्ट मैनेजर नितिन गुप्ता तथा इकलौती पुत्री दिव्या जिसने न केवल प्रोत्साहित किया बल्कि ख़ुद को अपनी ससुराल में एक आदर्श बहू साबित करके मेरा और परिवार का मान बढ़ाया। इस कठिन दौर में मेरे छोटे भाई इन्द्रपाल गुप्ता ने लक्ष्मण की तरह मेरा साथ दिया।

इस शेरी सफ़र के एक मोड़ पर श्री 'नीरज गोस्वामी' ने भी मेरा बहुत हौसला बढ़ाया, जिसके लिए मैं सदा आभारी रहूँगा। प्रस्तुत पुस्तक के प्रकाशक एनीबुक पब्लिकेशन के श्री 'पराग अग्रवाल' से भी श्री नीरज गोस्वामी ने ही परिचय करवाया और पराग जी ने इस पुस्तक को आप तक पहुँचाने में पूरी ईमानदारी व मेहनत से काम किया जिसके लिए मैं उनका शुक्रगुज़ार हूँ।

-चन्दर वाहिद, शाहदरा, दिल्ली

अनुक्रम

ग़ज़लें

आया जो याद कल उसे मौसम बहार का
क्या-क्या लिपट के रोया है झुलसे शजर के साथ

ग़ज़लें

❋

ठहरा नहीं था कोई सिकन्दर के सामने
पोरस ही था जो डट गया लश्कर के सामने

इक फूल खिल के कह गया पत्थर के सामने
मुमकिन है जीत पाना सितमगर के सामने

नन्ही-सी एक बूँद ने ऐलानिया कहा
मेरा भी है वजूद समन्दर के सामने

हमको दिखायी देती हैं तब अपनी ख़ामियाँ
पड़ते हैं जब भी हम किसी बेहतर के सामने

'वाहिद' वो चाहे जैसे भी अब तोड़े दिल मिरा
दिल रख दिया है मैंने तो पत्थर के सामने

जब से गया है छोड़ के बेटा मकाँ मिरा
तकता हूँ उसकी राह खड़ा घर के सामने

फिसला जो मेरा पाँव तो डर भी निकल गया
गहरी रही न खाई मिरे डर के सामने

❈

वो देखने में फ़क़त रास्ते का पत्थर है
हज़ार राहबरों से मगर वो बेहतर है

समय कुम्हार है जो चाक पर नचाता है
ये ज़िन्दगी तो सुराही का नाचना भर है

जो ख़ाली हाथ है आया वो क्या ख़रीदेगा
उसे तो दुनिया के मेले को देखना भर है

ये देखना है कि जीतेगा कौन बाज़ी को
मुक़ाबले में मिरा घर है और महशर है

ग़मों की आग से ख़ुद को ज़रा बचा रखना
कि जिसमे रहते हो 'वाहिद' वो मोम का घर है

❀

मुस्कुराने की बात करते हो
किस ज़माने की बात करते हो

सारी दुनिया के रंजो-ग़म देकर
सब भुलाने की बात करते हो

आशियाना उजाड़ कर मेरा
क्यों बसाने की बात करते हो

नाम मेरा सुना तो बोले वो
किस दीवाने की बात करते हो

सब्र भी अपने साथ रखना, गर
दिल लगाने की बात करते हो

मुझको अपनी ख़बर नहीं 'वाहिद'
तुम ज़माने की बात करते हो

❋

बाज़ारे-जहालत में ज़ेहन बेच रहा हूँ
ये गीत, ये नग़्मात, ये फ़न बेच रहा हूँ

है कोई ख़रीदार तो आवाज़ लगाये
रोटी के इवज़ शेरो-सुख़न बेच रहा हूँ

क्या दाम लगाते हो, चलो तुम ही बताओ
सच्चाई का अनमोल रतन बेच रहा हूँ

पुरखों ने बनाया था जिसे लाख जतन से
तहज़ीबो-अदब का वो भवन बेच रहा हूँ

तुम ठीक ही कहते थे तिजारत नहीं आसाँ
अब कौन ख़रीदे जो सुख़न बेच रहा हूँ

❋

जीने-मरने का फ़लसफ़ा क्या है
इब्तिदा क्या है इंतिहा क्या है

मैं नहीं जानता हुआ क्या है
देख ले आके पूछता क्या है

देख तो मुझमें अब बचा क्या है
मेरे मरने में मस'अला क्या है

कहने-सुनने को अब बचा क्या है
और तू मुझसे चाहता क्या है

क्या था 'वाहिद' में जो नहीं है अब
सोच, पानी का बुलबुला क्या है

❖

सिर्फ़ पत्थर हूँ जो ठोकर से उछाले मुझको
तेरी क़िस्मत हूँ अगर शक्ल में ढाले मुझको

ख़ुद से रूठा हुआ बैठा हूँ मैं घर के बाहर
आये भीतर से कोई और मना ले मुझको

यूँ तो वो सामने दरवाज़ा-ए-मंज़िल है मगर
थामे बैठे हैं मिरे पाँव के छाले मुझको

टूटा शीशा हूँ मैं चुभ जाऊँगा हाथों में तिरे
मेरी किरचें न उठा तोड़ने वाले मुझको

मैं अंधेरों में इसी ख़ौफ़ से गुम हूँ 'वाहिद'
नंगा कर दें न किसी रोज़ उजाले मुझको

✺

मुझपे मिज़राब तो है साज़ कहाँ से लाऊँ
दिल में घर करने के अंदाज़ कहाँ से लाऊँ

मेरे गीतों में भी पुर-कैफ़ कशिश है लेकिन
हो असर जिसमें वो आवाज़ कहाँ से लाऊँ

मेरी हर बात बता देती हैं आँखें मेरी
जो रहे दिल में ही वो राज़ कहाँ से लाऊँ

इंतिहा है तो कोई इब्तिदा लाज़िम होगी
अपने अंजाम का आग़ाज़ कहाँ से लाऊँ

मेरे सीने में भी उड़ने की ललक है लेकिन
तोड़ दे पिंजरा, वो परवाज़ कहाँ से लाऊँ

❋

जब कभी भी मिला करो मुझसे
बात खुलकर किया करो मुझसे

यूँ ही घुट-घुट के जीना ठीक नहीं
जो है दिल में कहा करो मुझसे

गुफ़्तगू बोझ हल्का करती है
कुछ कहा कुछ सुना करो मुझसे

बात करने से दूर होंगे गिले
तुम भी अब कुछ गिला करो मुझसे

हम तो 'वाहिद' वफ़ा करेंगे सदा
तुम भी तो अब वफ़ा करो मुझसे

भटके क़दमों को सही राह दिखा दे पत्थर
मेरी मंज़िल का मुझे कुछ तो पता दे पत्थर

उठ न जायें ये कहीं राहे-फ़ना की जानिब
तपते पाँव को न इतनी भी सज़ा दे पत्थर

ग़म के सहरा पे ख़ुशी बनके बरसना चाहे
अब्रे-अहसास को इक ऐसी सदा दे पत्थर

मेरे ज़ाहिर से भी बातिन न झलकने पाये
अपने जैसा ही तू मुझको भी बना दे पत्थर

सर पटकते हुए कहता है ये बहता पानी
मेरी मौजों की रवानी को बढ़ा दे पत्थर

❧

मर्ज़ हो तो दवा करे कोई
वहम गर हो तो क्या करे कोई

जब किसी से दग़ा करे कोई
मर न जाये तो क्या करे कोई

रंज की इंतिहा करे कोई
ज़ुल्म कब तक सहा करे कोई

कौन सुनता है हम ग़रीबों की
किसके दर पर सदा करे कोई

जब किसी बात में असर ही नहीं
क्या दवा, क्या दुआ करे कोई

रोती हैं रात-रात भर आँखें
दिल से धड़कन जुदा करे कोई

तुम जो दिल में रखो तो फिर 'वाहिद'
दर-बदर क्यों फिरा करे कोई

❋

लम्हा वो तेरी याद का ऐसे गुज़र गया
जैसे कि फूल शाख़ से टूटा, बिखर गया

कल छाँव मिल सकेगी सभी को, ये सोचकर
जिसने लगाये पेड़ वो बूढ़ा किधर गया

जो पत्थरों के बदले में देता था फल मुझे
दौरे-ख़िज़ाँ बता तो कहाँ वो शजर गया

क़ायम है दिल में आज भी उड़ने का हौसला
सय्यादे-वक़्त लाख मिरे पर कतर गया

धड़कन सुनायी देती थी हर एक लफ्ज़ में
क्या जाने शायरी से कहाँ वो हुनर गया

❃

आप जिसके क़रीब होते हैं
वो बहुत ख़ुश-नसीब होते हैं

जो रहें दूर दिल में रहकर भी
ऐसे भी कुछ हबीब होते हैं

पास आकर हम और दूर हुए
हादसे भी अजीब होते हैं

ज़ुल्म सहकर जो उफ़! नहीं करते
उनके दिल ही सलीब होते हैं

सुनके उनकी ग़ज़ल कहें 'वाहिद'
ऐसे भी क्या अदीब होते हैं

❋

अब तो ख़्वाबों के ही सहारे हैं
ये ही ले देके अब हमारे हैं

अपना साया तलक न था अपना
हमने ऐसे भी दिन गुज़ारे हैं

ख़ुद को ख़्वाबों के मोल बेचा है
क़र्ज़ यादों के तब उतारे हैं

अपना कहने को यूँ तो दुनिया है
हम अज़ल से ही बे-सहारे हैं

दर्द की छाँव में चलो 'वाहिद'
तपते मौसम के ये इशारे हैं

❇

तुझसे मिलने का ये असर देखा
तू ही आया नज़र जिधर देखा

तेरा जलवा क्या इक नज़र देखा
फिर किसी को न आँख भर देखा

बे-ख़ुदी में हुआ ये हमसे क्या
जो न करना था वो भी कर देखा

यूँ तो देखे हैं सैकड़ों उस्ताद
कोई तुम-सा न मोतबर देखा

कारवाँ अपना लुटना था 'वाहिद'
रहज़नों में था राहबर देखा

❊

हुई सभ्यता बहरी देखो
कहाँ बात आ ठहरी देखो

मैं ही मुजरिम, मैं ही मुंसिफ़
मुझमें लगी कचहरी देखो

सुख की साँझ न आने देगी
ज़िद पे अड़ी दोपहरी देखो

थिरक उठी माटी की मूरत
साँसों की स्वर लहरी देखो

आज नहीं तो कल सच होंगे
ये ही ख़्वाब सुनहरी देखो

❀

दोस्त जब तू बा-वफ़ा हो जायेगा
कुछ न कुछ सबका भला हो जायेगा

आप की नज़रे-इनायत हो अगर
क्या बतायें क्या से क्या हो जायेगा

थोड़ी कोशिश करके देखें आप तो
ख़त्म ये भी फ़ासला हो जायेगा

नेकियों के रास्तों पे चल पड़ो
ये ज़माना आप का हो जायेगा

जो ख़ुदा जैसे बने 'वाहिद' यहाँ
तीर उनका हर ख़ता हो जायेगा

❋

भर दो ज़र्रों में अब शरारों को
कर दो हुशियार ताजदारों को

दूर सरहद प' जंग के साये
फिर बुलाते हैं जाँ-निसारों को

हर तरफ़ आग, आग, आग है बस
आग लग जाये इन नज़ारों को

जो भी मंज़िल को पा गया, वो ही
भूल जाता है रहगुज़ारों को

ख़ाक हो जाओ ज़र्द-रू पत्तों
लौट आने दो अब बहारों को

❋

ख़त उसने मुझे भेजा किताबों में छुपाकर
ख़ुश्बू हूँ मुझे ले जा गुलिस्ताँ से चुराकर

इन शाख़ों से टूटे हुए पत्तों को हवाएँ
मालूम नहीं कब कहाँ ले जायें उड़ाकर

ता-उम्र मैं चुनता ही रहा आस के तिनके
क्या तुझको मिला बर्क़? नशेमन को जलाकर

हर हाल बिखरना है मुझे क़ाफ़िले वालो
तुम ढहती दिवारों से चलो ख़ुद को बचाकर

बाक़ी है अभी देर बिछड़ने में हमारे
इन लम्हों को रख लीजिये मुट्ठी में दबाकर

❀

खरी-खोटी सुनाने लग गये हैं
मिरे बेटे कमाने लग गये हैं

बुरा-अच्छा सिखाने लग गये हैं
मिरी कमियाँ बताने लग गये हैं

हम अब हँसने-हँसाने लग गये हैं
मगर इसमें ज़माने लग गये हैं

ज़रूरत क्या कहूँ अपनी मैं उनसे
जो रोटी तक गिनाने लग गये हैं

ये राहे-फ़र्ज़ है रख ध्यान 'वाहिद'
कई इसमें ठिकाने लग गये हैं

❋

होश की दुनिया को पा लेने से क्या मिल जायेगा
बे-ख़ुदी क़ायम रहे इक दिन ख़ुदा मिल जायेगा

सिर्फ़ काँटे ही नहीं हैं ज़िन्दगी की राह में
ढूँढ़ना चाहो तो ग़ुंचा भी खिला मिल जायेगा

इस यक़ीं से आपके दर तक चला आया हूँ मैं
वक़्त से हारा हुआ हूँ हौसला मिल जायेगा

मान लूँगा मैं कि हाँ, होती है कुछ तदबीर भी
मेरी मेहनत का मुझे जिस दिन सिला मिल जायेगा

ग़म की गलियों में कहीं पर धूल-मिट्टी में सना
पाँव के छालों से 'वाहिद' खेलता मिल जायेगा

❋

वो जो हर वक़्त दिल में रहते हैं
जाने क्यों ग़ैर हमको कहते हैं

जो ज़माने का दर्द सहते हैं
हम तो उनको फ़रिश्ते कहते हैं

रक्खें उम्मीद बादलों से क्या
जो हवाओं के संग बहते हैं

गर्दिशे-वक़्त हमसे मत टकरा
हम दुआओं में माँ की रहते हैं

क्यों न आता ग़ज़ल का फ़न 'वाहिद'
मुझमें 'मंगल नसीम' रहते हैं

❄

दिन ढला, बढ़ने लगीं परछाइयाँ
फिर वही ग़म, फिर वही तन्हाइयाँ

झिलमिलाये जैसे लहरों पर किरन
आस लेती दिल में यूँ अँगड़ाइयाँ

आँख की पाज़ेब के घुँघरू थे अश्क
टूटने पर बज उठीं शहनाइयाँ

जब नगर की धूप में जलना पड़ा
याद आयीं गाँव की अमराइयाँ

अब भला तन्हा कहाँ मैं रह गया
साथ हैं मेरे, मिरी रुस्वाइयाँ

रंगो-बू यूँ फ़ज़ाओं में भर जाऊँगा
ओस बनकर गुलों पर बिखर जाऊँगा

एक पत्थर हूँ मुझको तराशो ज़रा
बन के एहसास दिल में उतर जाऊँगा

मुन्हसिर तुमपे ऐसा हुआ हूँ कि अब
तुम सहारा न दोगे तो मर जाऊँगा

आँसुओं की तरह घर से निकला हूँ मैं
अब भला किस तरह लौटकर जाऊँगा

शाम का वक़्त होते ही मैं चल दिया
सबको मालूम है, मैं किधर जाऊँगा

❉

ज़िन्दगी और घाव रहने दे
कुछ तो मेरा बचाव रहने दे

इश्क़ का दिल में घाव रहने दे
ये सुलगता अलाव रहने दे

मुझको हो जायेगा सफ़र मुश्किल
वक़्ते-रुख़सत लगाव रहने दे

मात खायी है अब तलक तूने
ज़िन्दगी और दाव रहने दे

भूल जा अब सभी गिले-शिकवे
ज़ख़्म का रख-रखाव रहने दे

जी न पाऊँगा फिर मैं तेरे बिन
मुझसे इतना लगाव रहने दे

डोर उल्फ़त की है बहुत कमज़ोर
इसपे इतना दबाव रहने दे

वक़्त के सामने है क्या 'वाहिद'
इतना मूँछों पे ताव रहने दे

अब के बिछुड़े मिलेंगे जाने कब
यार ये मन-मुटाव रहने दे

❋

चल दिया कौन ये इक उम्र बिताकर मुझमें
कौन ख़ामोश हुआ शोर मचाकर मुझमें

अपने अश्कों की हसीं बज़्म सजाकर मुझमें
रक़्स करता है सरे-शाम ग़म आकर मुझमें

तू भी औरों की तरह मेरा तमाशाई बन
कोई सोया हुआ तूफ़ान उठाकर मुझमें

होंठ ख़ामोश रहें बात हो दिल की दिल से
शोर-गोई के लिए लफ़्ज़ बुनाकर मुझमें

आजतक उसका पता ढूँढ़ रहा हूँ 'वाहिद'
छुप गया है जो कहीं मुझको छुपाकर मुझमें

❃

चुरा के लाती हैं फूलों से तितलियाँ मुझको
संभाल लेती हैं उनसे कहानियाँ मुझको

भटक गयी है कोई याद दिल के खंडहर में
सुनायी देती हैं रुक-रुक के हिचकियाँ मुझको

फ़साना-गो तुझे मालूम नहीं है शायद
सुना रहा है मिरी ही कहानियाँ मुझको

मैं इनके साये में ख़ुशियों से बच निकलता हूँ
बहुत अज़ीज़ हैं मेरी उदासियाँ मुझको

मैं एक रेत के टीले की शक्ल हूँ 'वाहिद'
बना-बना के मिटाती हैं आँधियाँ मुझको

❋

40

घर में फ़ाक़ा हो तो काबा नहीं देखा जाता
हमसे मज़हब का तक़ाज़ा नहीं देखा जाता

रोज़ ग़ैरत का जनाज़ा नहीं देखा जाता
ज़िन्दगी अब ये तमाशा नहीं देखा जाता

झूठे वादों पे टिकी रहती है उसकी उम्मीद
कैसे करता है गुज़ारा नहीं देखा जाता

बेच डालेगा वतन मिल्लों को ताजिर इक दिन
हमसे उसका ये रवैया नहीं देखा जाता

फूल मुरझाये, है पत्तों पे उदासी 'वाहिद'
उजड़ा गुलशन ये ख़ुदाया नहीं देखा जाता

❋

पीर जब नन्ही-सी लड़की से सियानी हो गयी
गीत के उस गाँव की हर शय सुहानी हो गयी

वक़्त की दूकान पर ढेरों खिलौने थे मगर
किस क़दर मुश्किल हमें क़ीमत चुकानी हो गयी

मौत का वादा वफ़ा हो जाने तक जीना पड़ा
मुख़्तसर-सी बात थी, लम्बी कहानी हो गयी

पढ़ते-पढ़ते ही किताबे-ज़ीस्त क्या झपकी लगी
बस उसी झपकी में पूरी ज़िंदगानी हो गयी

दर्द बढ़ता जाये है 'वाहिद' तिरी आवाज़ में
शेर-गोई तेरे ग़म की तर्जुमानी हो गयी

✳

कैसे कह दूँ कि मिट गया हूँ मैं
अपने बच्चों में जी रहा हूँ मैं

छोड़ आयी जो मेरी ख़ातिर सब
उसके जीने का आसरा हूँ मैं

दोस्ती, फ़र्ज़, ख़ून के रिश्ते
मुद्दतों से निभा रहा हूँ मैं

तय जिसे मौत भी न कर पाये
फ़ासला ऐसा हो चुका हूँ मैं

पंख तो कब के खो दिये मैंने
बस इरादों से उड़ रहा हूँ मैं

कोई भी अब इधर नहीं आता
इस क़दर तन्हा हो चुका हूँ मैं

भूल जाओ कि कोई था 'वाहिद'
अब तो ज़िंदा भी नाम का हूँ मैं

'वाहिद' किरन वो आस की जाने किधर गयी
लगता है जैसे वो भी अंधेरों से डर गयी

मैं सिर्फ़ राहगीर हूँ, राहे-हयात का
ये बात मेरे ध्यान से अक्सर उतर गयी

सो जाता मैं भी धुंध की चादर को ओढ़कर
पर जाने मेरी मौत कहाँ जाके मर गयी

कब मिट सके हैं इससे निशानात ज़ीस्त के
सौ बार आँधी वक़्त की आयी गुज़र गयी

रोती कली भी देखिये ख़ुद आप खिल उठी
पैग़ामे-ज़ीस्त देके नसीमे-सहर गयी

❋

बूढ़ों पे हर ख़र्चा जब बच्चों को महँगा लगता है
रोटी, कपड़ा और दवाई को मुँह तकना पड़ता है

तन्हा बैठा जोड़ा जब यादों की माला जपता है
बिन कुछ बोले आँखों से ही अपनी कहता-सुनता है

सूने फ़लक प' जब भी कोई तारा चमका करता है
बुला रहा है कोई ऊपर उनको ऐसा लगता है

मौला जाने फिर कब मिलना होगा अब जो बिछड़े तो
तन्हा बैठा जोड़ा अक्सर ये ही सोचा करता है

उन बूढ़ी आँखों से जिस दम दिल का दरिया बहता है
हमको आँसू, यादें, सपनों के संगम-सा लगता है

कोशिश करके देखूँगा मैं फिर से जीवन जीने की
रहमत लेकर कोई अपना बनके बच्चा उतरा है

'वाहिद' इतना ही क़िस्सा है उनकी चश्मे-पुर-नम का
माना आँखें पत्थर हैं पर दिल तो रोया करता है

❁

हर्फ़े-ग़लत हूँ मुझको मिटा दो किताब से
मिल जायेगी निजात मुझे भी अज़ाब से

अच्छे-बुरे का मेरे, जमा-ख़र्च तुम रखो
मैं तो जियूँगा ज़िन्दगी अपने हिसाब से

मेरे भले की बात बताती है बारहा
तुम ही कहो मैं तौबा करूँ क्यों शराब से

आदत ही पड़ न जाये कहीं जीत की मुझे
सो चाहता हूँ खेलना बाज़ी जनाब से

दौरे-ख़िज़ाँ का पहरा है गुलशन में चार-सू
कैसे मैं हाल ख़ुश्बू का पूछूँ गुलाब से

❋

अपनी दुनिया पे वो इक हश्र बपा करता है
दिल के टुकड़े को वो जब बाप विदा करता है

दिल को हर लम्हा नया दर्द अता करता है
मुझसे महबूब मिरा ख़ूब वफ़ा करता है

मेरी दुनिया-ए-मुहब्बत में है रौनक़ जिससे
दूर रहकर भी मिरे साथ रहा करता है

वक़्त लाया है अब उस मोड़ पे मुझको कि जहाँ
मेरी हालत पे हर इक शख़्स हँसा करता है

ज़ख़्म अपना ही दिया करता है हमको 'वाहिद'
ग़ैर हरगिज़ नहीं ये ज़ुल्म किया करता है

जो मुझपे बीत गयी उसको इत्तिफ़ाक़ समझ
मिरे मिज़ाज की हद तक मिरा मज़ाक़ समझ

सफ़ीना लेके भंवर में उतर रहा है कोई
ये हौसले को तू इंसाँ का इश्तियाक़ समझ

समा है जो तुझमें वो ख़ुद को ढूँढे कहाँ
तू मुझमें मेरे ही दिल का ग़मे-फ़िराक़ समझ

क़सम है मुझको, किसी से जो तेरी बात कहूँ
तू अपनी बात बता दिल को मेरे ताक़ समझ

सुलग रहा हूँ मैं रुस्वाइयों के दोज़ख़ में
ख़ुदा के वास्ते इसको न अब मज़ाक़ समझ

❊

दहशत में रूहे-मुल्क है उन साहिबान से
नफ़रत के तीर छोड़ें जो हरदम ज़बान से

गुज़रे हैं यूँ मकीन ग़ज़ब इम्तिहान से
उट्ठा धुआँ भी काँपता जलते मकान से

करते हैं क़त्ले-इंसाँ जो मज़हब के नाम पर
उनका नहीं है वास्ता अम्नो-अमान से

कुछ सरफिरों ने क़ौम को बदनाम कर दिया
वरना तो रह रहे हैं सभी आन-बान से

कल भी थे हम यहीं के, यहीं के हैं आज भी
'वाहिद' न होंगे हम जुदा हिन्दोस्तान से

❊

सूरत उतर न जाये कहीं माहताब की
कह दो कि बात झूट है उनके शबाब की

शामे-विसाल सेज पे दुल्हन-सी हो कोई
शर्मायी यूँ हैं शाख़ पे कलियाँ गुलाब की

पत्थर उछाल दीजिये यूँ दिल की झील में
वरना उमीद रखिये न मुझसे जवाब की

मज़िल क़रीब आयी तो भटका दिया गया
इन रहबरों ने ज़िन्दगी मेरी ख़राब की

हालात ने बिगाड़ दी 'वाहिद' की शक्ल यूँ
जैसे ख़राब ज़िल्द हो अच्छी किताब की

❁

कुछ नहीं पास मिरे बस हैं वफ़ाएँ मेरी
काम आयेंगी तिरे ले जा दुआएँ मेरी

लाख गुस्ताख़ हूँ कमियाँ हैं बहुत-सी मुझमें
मैं भी इंसाँ हूँ भुला देना ख़ताएँ मेरी

सर पे सूरज की तपिश, सख़्त थपेड़े लू के
और बे-चैनियाँ रह-रह के बढ़ाएँ मेरी

उनको ख़ुश रखने को जीती हुई बाज़ी हारूँ
कोई मजबूरी नहीं ये हैं अदाएँ मेरी

मुड़के देखा ही नहीं मुझको उन्होंने 'वाहिद'
होके नाकाम पलट आयीं सदाएँ मेरी

❋

यादों का दर्द दिल में है कुछ यूँ उभार पर
जैसे उगा हो नन्हा-सा पौधा मज़ार पर

पलकों पे उनकी ठहरे हैं आँसू कुछ इस तरह
आ बैठें जैसे ज़ख़्मी परिंदे दिवार पर

दुःख, दर्द, टीस, आह मुझे फिर से थाम लो
कहते हैं मुझसे लोग कि मैं हूँ उतार पर

अब चाहे जैसे खेले हमारे नसीब से
हमने तो छोड़ा फ़ैसला परवरदिगार पर

होंगे नहीं फ़िज़ाओं में 'वाहिद' के गीत अब
सर रख के सो गया है वो टूटे सितार पर

✽

तुमने जीने की जो दुआ दी है
जाने किस जुर्म की सज़ा दी है

ख़ाली दीवार तकता रहता हूँ
तेरी तस्वीर क्या हटा दी है

ये तमाशा भी देखते जाओ
ज़िन्दगी दाव पर लगा दी है

ज़िन्दगी लौटकर नहीं आती
तुमने अब किसलिये सदा दी है

यादे-माज़ी कुरेद कर 'वाहिद'
बुझते शोलों को क्यों हवा दी है

❊

वज़्हे-तबाही जो ढूँढ़ी तो मुझपे राज़ खुला
जो अपने आप पे टूटा वो क़हर मैं ही था

सर अपने, मौत ने इल्ज़ाम ले लिया यूँ ही
रगों में मेरी जो उतरा वो ज़हर मैं ही था

तुम्हारी याद के बादल की छाँव को ओढ़े
ख़ुद अपनी आग में जलती दुपहर मैं ही था

वो जिसने यास के परबत को काटकर इक दिन
बहायी आस की इक शीरीं-नहर, मैं ही था

जो आके ज़ीस्त के पत्थर पे लिख गयी 'वाहिद'
वो उठती-गिरती हुई तेज़ लहर मैं ही था

❋

गहरी जड़ों से अपना दिखाया है ये असर
तूफ़ाँ से लड़ रहा है अभी तक वो इक शजर

शातिर हवा ने झूट है फैलाया इस क़दर
जाने लगे परिंदे भी घर अपना छोड़कर

शीशे का घर बनाने की न कीजे आरज़ू
पत्थर का ये जहान है पत्थर का है नगर

ये शैख़ ये बरहमन लड़ायेंगे तब तलक
जब भी भूल जायेंगे मुहब्बत की हम डगर

'वाहिद' हमारे शौक़ की दुनिया अजीब थी
चाहत थी चाँद छूने की बैठे गँवा के पर

❋

गुल के सीने में जब कसक उट्ठी
शाख़े-गुल दफ़'अतन लचक उट्ठी

मैंने भूले से छू दिया गुल को
पत्ती-पत्ती सिसक-सिसक उट्ठी

साज़ छेड़ा चटक के गुंचों ने
ओस पत्ती प' फिर थिरक उट्ठी

याद क्या है? दरख़्त पर जैसे
नन्ही चिड़िया कोई चहक उट्ठी

उठ! न रूठेंगे अब कभी तुझसे
कह के उनकी नज़र छलक उट्ठी

✳

तूफ़ाँ में हम-सफ़र वो हमारा बना रहा
तिनके-सा डूबते का सहारा बना रहा

मैं रेत-सा बिखर के भी धारा बना रहा
सूखी हुई नदी का किनारा बना रहा

दिल बे-वफ़ा था सो वो हमारा हुआ नहीं
ग़म बा-वफ़ा था सो ये हमारा बना रहा

हम तो लिखा के लायें हैं ऐसा नसीब जो
ता-उम्र गर्दिशों का ही मारा बना रहा

मेरी अना ही आख़िरी दम तक मिरी रही
'वाहिद' इसी का मुझको सहारा बना रहा

❁

इंसाँ जो अपनी मौत से दहशत-ज़दा न हो
मुमकिन है फिर जहान में नामे-ख़ुदा न हो

दरिया था कल जो, आज वो क़तरा दिखायी दे
इस तरह अपने आप से कोई जुदा न हो

महरूम हो रहूँ मैं तुझे चाहने से भी
या रब मिरे नसीब में वो दिन बदा न हो

क्यूँ लफ़्ज़ राज़दार बनें दिल की बात के
वो बात क्या हुई जो नज़र से अदा न दो

घबरा के लौट जाये न मौसम बहार का
'वाहिद' ख़िज़ाँ के दौर में यूँ ग़म-ज़दा न हो

✻

झोंका हौले से कोई छूके जो गुज़रा मुझको
जाने क्यूँ ऐसा लगा उसने पुकारा मुझको

वो ही आता है नज़र मुझको हर इक साये में
तपते सहरा में है बस ये ही सहारा मुझको

कल सहर लायेगी उम्मीद की इक और किरन
शब से देता है यक़ीं मेरा सितारा मुझको

मुझपे कर जायें ये अहसान मिरे अपने ही
ग़ैर हाथों से नहीं मरना गवारा मुझको

मुझको बाक़ी का सफ़र तन्हा ही करना होगा
साथ अब उसका मिलेगा न दुबारा मुझको

❋

ज़िन्दगी हमसे जी नहीं जाती
पर शिकायत भी की नहीं जाती

तल्ख़ी-ए-ज़ीस्त मैं तिरे सदक़े
दुश्मनी तुझसे की नहीं जाती

आशियाँ तक जला दिया मैंने
फिर भी क्यूँ तीरगी नहीं जाती

इतना रोयीं कि थक गयीं आँखें
फिर भी इनकी नमी नहीं जाती

दौलते-ग़म न माँगिये मुझसे
ये अमानत है दी नहीं जाती

❊

मुमकिन नहीं है रूह की परवाज़ जीते जी
हाइल है इसकी राह में ख़ुद अपना जिस्म ही

देखा तमाशा जिसने भी घर फूँक कर यहाँ
शायद वो जानता था तमाशा है ज़िन्दगी

चलता रहेगा सिलसिला सुख-दुःख का उम्रभर
माला कभी न टूटेगी ये धूप-छाँव की

जीतीं हज़ार बाज़ियाँ यूँ हमने उम्रभर
लेकिन जो बाज़ी हारे वही निकली आख़िरी

गुज़रा है कोई आज मिरे दिल की राह से
यादों के ख़ुश्क पत्तों से उभरी है चीख़-सी

✽

दर्द-अंगेज़ ग़ज़ल आज न गाना 'वाहिद'
सुनना आसान नहीं है ये फ़साना 'वाहिद'

शम'अ-ए-अश्क बुझाओ कि सहर होती है
अब है लोगों से तुम्हें मिलना-मिलाना 'वाहिद'

साँस की गठरी अमानत है किसी अपने की
तुमसे जैसे बने ये बोझ उठाना 'वाहिद'

हमने पंछी को यही सोच के क़स्दन छोड़ा
कैसे उड़ जायेगा, रिश्ता है पुराना 'वाहिद'

कुछ न रह जायेगा, जो राहें बदलने में रहा
बैठ अब तू भी कहीं करके ठिकाना 'वाहिद'

❈

कैसे कह दूँ कि संभलना मिरी क़िस्मत ही नहीं
सच तो ये है, मिरे चलने में वो शिद्दत ही नहीं

मुझको हालात ने हर गाम प' टोका लेकिन
मेरे एहसास को परवाह की फ़ुर्सत ही नहीं

मेरे होने से ही क़ायम है ख़ुदा का भी वजूद
मैं न होऊँ तो ख़ुदाई की हक़ीक़त ही नहीं

दिल के खंडहर में तड़पते हैं वफ़ा के पंछी
इनको अब और सताने की ज़रूरत ही नहीं

मेरी क़िस्मत में जो लिक्खा था, वही हो के रहा
मुझको दुनिया से कहीं कोई शिकायत ही नहीं

❋

बला से, अब जो किसी को न तेरा पास रहे
दुआ ये कर कि तिरी सोच हक़-शनास रहे

ख़ुशी नसीब में अपने नहीं, चलो न सही
ये कम नहीं है कि हम इसके आसपास रहे

हज़ार तल्ख़ियाँ सीने में दफ़्न हों फिर भी
दुआएँ कर तिरे बोलों में इक मिठास रहे

मिरा रक़ीब मुझे और मैं तकूँ था उसे
दिलों में लोग लगाते कई क़यास रहे

जो होशमंद थे तूफ़ाँ ने उनका साथ दिया
वो लोग डूब गये जो कि बद-हवास रहे

❋

ज़ख़्मों की गहराई से डर लगता है
रिश्तों की रुस्वाई से डर लगता है

भूल चूका हूँ दिल की हर इक चोट मगर अब
यादों की पुरवाई से डर लगता है

मुझको मुझमें यूँ मत तन्हा छोड़ो तुम
मुझको इस तन्हाई से डर लगता है

तुम दे जाओ न चोट कोई फिर से नयी
बस अपनी अच्छाई से डर लगता है

मेरे आगे पलकों प' आँसू मत लाओ
मुझको पीर पराई से डर लगता है

कैसे हिम्मत लाऊँ 'वाहिद' उड़ने की
अब तो हर ऊँचाई से डर लगता है

*

अय दोस्त! कोई हँसने-हँसाने की बात कर
बे-कैफ़ी-ए-हयात मिटाने की बात कर

तारीकी-ए-हयात से बाहर निकल के अब
ख़ुर्शीदो-माहताब उगाने की बात कर

मौजे-बला-ओ-शोरीशे-तूफ़ाँ को छोड़कर
नदिया किनारे गाँव बसाने की बात कर

जीवन की सर्द रात कटे जिसके ताप से
ऐसा अलाव दिल में जलाने की बात कर

कबतक भला यूँ सागरो-मीना को रोयेगा
दिल की लगी को भूल, ज़माने की बात कर

❊

बा-अदब लोग ये बे-अदब हो गये
पहले ऐसे न थे जैसे अब हो गये

ये ख़ुलूसो-अदब, दोस्ती, शायरी
मेरी रुस्वाइयों के सबब हो गये

नाज़ था तुम प' कितना ऐ जानाँ मुझे
तुम तो मेरे थे तुम ग़ैर कब हो गये

जब फ़साने में ज़िक्र आ गया आपका
क्या कहूँ क्यों ये ख़ामोश लब हो गये

हम-सफ़र चल दिये राह में छोड़कर
कुछ 'वली' बन गये कुछ 'क़ुतुब' हो गये

थे जो रौनक़ बने राह की वो शजर
वक़्त बदला तो सब बे-सबब हो गये

हाथ तुमने हटाया क्या सिर से मिरे
मेरे बे-मौत मरने के ढब हो गये

❋

वो जो मेरे काँधे पर सर रखकर रोया है
तुम क्या जानो उसने अपना क्या-क्या खोया है

वो जो मंज़िल तक यूँ गिरता-पड़ता पहुँचा है
वो ही जाने कैसे उसने ख़ुद को ढोया है

रहमत, कुदरत, गर्दिश, क़िस्मत की क्यों सोचूँ जब
वो ही काटा जाना है जो हमने बोया है

गुज़रा है क्या कोई सच्चा आशिक़ गुलशन से
पत्ता-पत्ता बूटा-बूटा शब भर रोया है

ज़िन्दों में है गिनती उसकी और न मुर्दों में
'वाहिद' उसको लगता है वो अब भी गोया

❊

है होठों प' मेरे जब भी तिरी बात आयी है
रह-रह के याद तुझसे मुलाक़ात आयी है

फिर गीत छेड़ आज वही गीत छेड़ फिर
मुद्दत के बाद लौट के यह रात आयी है

यादों की डालियों प' शफ़क़-रंग ख़्वाब हैं
लेकर के नींद क्या हसीं सौग़ात आयी है

पलकों की छजलियों प' खड़े झाँकते हैं अश्क
ख़्वाबों के गाँव यादों की बारात आयी है

उलझन में हूँ कि कैसे करूँ इसका एहतराम
लेकर हयात फिर वही जज़्बात आयी है

वुजूद रखने को पी लेना तो इबादत है
हुज़ूर! रोज़ इबादत की हमको आदत है

हर एक शाम जो लाती है मयकदे में मुझे
वो शय शराब नहीं है किसी की चाहत है

क़सम है मुझको जो मैं फिर कभी शराब पियूँ
बस एक बार ये कह दो कि हाँ इजाज़त है

सिवाए प्यास के अब मेरे पास कुछ भी नहीं
सुना है इसपे भी अहबाब को शिकायत है

मैं आज कौन हूँ 'वाहिद' किसी को क्या मालूम
मुझ ही से पूछ लो जो बात मेरी बाबत है

दो शेर

कितनी शीरीं ज़बान है उर्दू
मेरे भारत की शान है उर्दू

हिन्दू ना मुस्लमान है उर्दू
सिर्फ़ हिन्दोस्तान है उर्दू

❊

❀

दरमियाँ कोई तकल्लुफ़ न रहे तो शायद
बात आसानी से कह लेता है कहने वाला

वक़्त पहनायेगा शाख़ों को बहारों का लिबास
दौर पतझड़ का हमेशा नहीं रहने वाला

लाख अपनी सी करे दौरे-तलातुम लेकिन
इतनी आसानी से यह घर नहीं ढहने वाला

हो वो अच्छा कि बुरा, इतना तो लेकिन तय है
जो भी होगा वो हमेशा नहीं रहने वाला

तोड़कर पिंजरे को उड़ जाऊँगा इक दिन 'वाहिद'
देर तक मैं नहीं इस क़ैद में रहने वाला

❀

मेरी राहों में तिरे नक़्शे-क़दम रहने दे
मुझपे लिल्लाह महज़ इतना करम रहने दे

टूटे दीपक को हटा मत तू मिरे आगे से
मेरी नज़रों में उजाले का भरम रहने दे

अक्स अपना कोई देखे है मिरे अश्कों में
और कुछ देर मिरी आँखों को नम रहने दे

शायरे-वक़्त हक़ीक़त में वही होता है
अपने अश'आर को जो आम-फ़हम रहने दे

वो न भूले से भी देखेंगे तुझे अय 'वाहिद'
उनकी नज़रों से ये उम्मीदे-करम रहने दे

❋

डाली गुलों की टूट के हरचंद बिखर गयी
रग-रग चमन की पर यहाँ ख़ुश्बू से भर गयी

उल्फ़त तुम्हारी देख लो क्या काम कर गयी
बर्बाद कर गयी मुझे बर्बाद कर गयी

जैसे लिखी थी रब ने ये वैसे ही की बसर
यूँ भी गुज़र गयी मिरी यूँ भी गुज़र गयी

अच्छा किया जो आप ने आकर रुला दिया
तबियत बहल गयी मिरी हालत सुधर गयी

आता नहीं क्यों लौट के वो अपने गाँव से
सैलाब से नदी तो कभी की उतर गयी

अहसाँ किया जो आप ने अपना लिया मुझे
क़िस्मत सँवर गयी मिरी क़िस्मत सँवर गयी

'वाहिद' जो उनसे बिछड़े तो अंजाम ये हुआ
माटी मिरे वुजूद की जैसे बिखर गयी

❊

बात को ग़ौर से सुना जाये
चीख़ को शोर ना कहा जाये

ना-ख़ुदाओं से अब बचा जाये
साथ तूफ़ाँ का भी दिया जाये

गर जो रहना है पत्थरों से जुदा
बाग़ में ख़ुशबू-सा रहा जाये

ये जो ढहता हुआ है जिस्म मिरा
फिर हवाले तिरे किया जाये

धूप से जल रहे हैं सारे शजर
अब घटा को बुला लिया जाये

रोज़ मर-मर के जी रहा हो जो
उसके जीने को क्या कहा जाये

दूर हटने लगे हैं अब साहिल
कोई बतलाये क्या किया जाये

❋

पेशानी मेरी चूम के रोया जो राज़-दाँ
शायद तमाम होने को है मेरी दास्ताँ

क्यूँ जान आज क़ैदे-नफ़स में है बे-क़रार
क्यूँ दीखते हैं आज ये मंज़र धुआँ-धुआँ

क्यूँ आये है ये रात मिरी ज़िन्दगी में रोज़
मुझको तबाह करने मिटाने मिरे निशाँ

क्या तुझसे चाहता हूँ, बताऊँ मैं क्या तुझे
क्या जाने तू ये बात कहेगा कहाँ-कहाँ

किसको पुकारिये, यहाँ सुनता है कब कोई
'वाहिद' भला इसी में है बन जाओ बे-ज़ुबाँ

❋

टूटकर मैंने जिसको चाहा था
शख़्स बिल्कुल वो तेरे जैसा था

मैं उसे कैसे भूल सकता हूँ
वो मिरा प्यार पहला-पहला था

यूँ त'अल्लुक़ न हो सका क़ायम
उसका घर मेरे घर से ऊँचा था

आँधियों में दरख़्त गिरते हैं
और मैं आँधियों में संभला था

याद रखने से क्या मिला 'वाहिद'
भूल जाना ही उसको अच्छा था

❈

अहसास प' बोझिल कुछ सदमात का क़िस्सा है
ग़म सिर्फ़ तख़य्युल के लम्हात का क़िस्सा है

शायद मैं नहीं कुछ भी, शायद मैं बहुत कुछ हूँ
क्या जाने मिरा जीवन किस बात का क़िस्सा है

आया हूँ कहाँ से मैं, जाना है कहाँ आख़िर
हर शेर मिरा इन ही फ़िक़रात का क़िस्सा है

खोयी हुई मंज़िल के हम भटके मुसाफ़िर हैं
कुछ और नहीं दुनिया बे-बात का क़िस्सा है

चल देना सहर होते, सो जाना कहीं थककर
हम जैसे फ़क़ीरों के दिन-रात का क़िस्सा है

❋

साहिल भी साजिशों में है शामिल भंवर के साथ
मुझको डुबोया जायेगा रख़्ते-सफ़र के साथ

आया जो याद कल उसे मौसम बहार का
क्या-क्या लिपट के रोया है झुलसे शजर के साथ

बुलबुल ने रो के शिकवा ये सय्याद से किया
गर्दन भी क्यूँ न काट ली है बालो-पर के साथ

बेहतर है वो न आयें मिरा हाल पूछने
जायेंगे कैसे लौट के वो चश्मे-तर के साथ

तय हमने यूँ किया है सफ़र ज़िंदगी का ऐ दोस्त
या हमसफ़र के साथ के या गर्दे-सफ़र के साथ

❋

बाज़ी उम्मीद के पियादे से बचायी हमने
शह ब-दस्तूर मिली मात न खायी हमने

हक़ की बस्ती में जो रहते तो ख़ुदा को पाते
ज़िन्दगी झूठ के महलों में बितायी हमने

तीरगी जाग न जाये कहीं आहट सुनकर
रोशनी घर में दबे पाँव बुलायी हमने

यादे-माज़ी न हमें और सता रहने दे
देख जितनी भी निभी तुझसे निभायी हमने

आसमानों में नयी सम्तें तलाशीं 'वाहिद'
राह पंछी की तरह ख़ुद है बनायी हमने

www.ingramcontent.com/pod-product-compliance
Lightning Source LLC
LaVergne TN
LVHW020932200726
843506LV00011B/1946